Nicolae Constantin
Petrescu

ÎN BUCĂTĂRIE CU REGII

Descrierea CIP a Bibliotecii Naţionale a României
NICOLAE CONSTANTIN, PETRESCU
În bucătărie cu regii / Nicolae Constantin Petrescu - Snagov : Letras, 2017
ISBN 978-606-94420-2-9

Întreaga responsabilitate pentru conținutul acestei cărți aparține autorului.

Credite fotografii coperta și interior: Pixabay

Publicat de Letras, Distribuit de www.piatadecarte.net
Contact editura: edituraletras@piatadecarte.com.ro

Comenzi pentru cititori, librării sau distribuitori de carte la tel. 021 367 5228 // 0787 708 844
Editura Letras
Pentru solicitări de publicare vă puteți adresa editurii, pe mail, la adresa **edituraletras@piatadecarte.com.ro**

Prefaţă

Această carte este dedicată tuturor oamenilor căzuţi, înfrânţi, dezamăgiţi, chinuiți de soartă, refuzaţi cu plăcere sadică, hăcuiţi de sentimente, scuipaţi de sistem, marginalizaţi, singuri, prea singuri. Există persoane fără viziune, fără dragoste, alint, fară iubire de cuplu, speriate și înfricoșate de bătranețea mamei, fără soţie, prietenă, ibovnică, camaradă, eroină, lipsite de cealaltă jumătate divizată a lor.

Am trăit ultimii ani cele mai cumplite stări de singurătate, tristețe chinuitoare și umilitoare, abandon, plictiseală păcătoasă, gânduri şi prejudecăţi deşarte, cădere rostogolitoare, fără bucurie, fără speranţă totul culminând cu o tragedie inimaginabilă, despărţirea lumească de cel de al doilea părinte, ea părăsind acestă lume însă eu parcurgând acele clipe de căderea cerului peste mine singur. Plângeam zile în şir în hohote, inconştient, în spasme, chircindu-mi, uscându-mi cugetul.

Am simţit că toată puterea sufletului meu a plecat spre transcendent odată cu fiinţa dragă alături de care am împărtăşit 43 de Revelioane, sărbători, clipe de o frumuseţe imensă, timpuri revolute dar atât de spledide. De fapt, dispăruse din mine ceva, altceva, pentru că sufletul aparţine duhului sfânt, plecase acea dulceață a vieții, binecuvântare zilnică, iar eu eram străpuns de durerea pricinuită de dispariția ființei magice, drăgăstoase, care a născut corpul tău în această lume.

Bine-nţeles că rămâi cu singurul părinte, acela care îţi luminează drumul. El este în tine şi alături de tine şi de El nu te vei separa niciodată.

Lumea și viaţa au perioade, stări de graţie, de beatitudine, de furtună. Timpul este în mişcare şi în atemporalitate cu universul şi fiinţa.

În jurul tău sunt mii de oameni care îţi vor binele, unii chiar vor cu tărie, alţii mai puţin, ceea ce trebuie să faci este să te lămureşti că şi ei ca şi tine sunt frumoase suflete zdrelite şi schingiuite.

Tentaţia sinuciderii lente sau bruşte a existat în mine în zilele acelea în diverse stadii, refuzam mâncarea, mintea mă lăsase complet, oamenii nu îmi plăceau, doream să trăiesc puţin, mai puţin, nu mai mult. Dar corpul nu îmi aparţine şi ca atare nu eu sunt cel care decide când şi cum. Prin urmare eu tot ce trebuie să fac este să îl întreţin cât mai bine spiritual, fizic, intelectual urmând să culeg ceea ce semăn în mine.

Metafizic luăm următoarele exemple: un ermit, un călugăr şi un mirean şi un Homo ciberneticus sunt oameni, suflete pline de lumină direcţionată spre cer. Ceea ce le deosebeşte este suferinţa intrinsecă pe care o poartă conştient sau ignorant fiecare.

Drogul, sexul virtual, webcam-ul, ecranele, plasmele şi mai ştim noi ce, sunt prieteni fără suflet la propriu şi la figurat.

La propriu pentru că iei un drog, te simţi mai bine câteva clipe, pe urmă căderea ta ca suflet devine mai mare, chinul mai neînduplecat, și la fel se petrece şi cu celelalte.

La figurat pentru că pare că alături de tine, întind o mână spre tine, dar de fapt râd de fraierul muritor. Eşti singur la cheremul lor?

Din tine şi din smerenia ta pleacă salvarea ta.

Ajută-te singur și divinitatea te va ajuta. Luptă, abandonează, cazi, urlă, fii împotrivă, zgârie, sângerează în surdină, spintecă nostalgia, adulmecă văzduhul, urcă muntele, vindecă şi salvează omul din tine prin iubire şi dragoste, tandreţe şi duioșie, erotism şi senzualiate, slăbiciune dar şi dârzenie. Fii om, crede în tine, în interiorul tău drăgăstos și luminos.

Către timpuri şi o lume mai bună,

Dacul Nicholas Petrus

Toată lumea spune te iubesc

„esenţa artei constă în libertatea ei de a încălca regulile. Eu nu cred că romanul poate schimba ceva în sens social, dar am credinţa că el poate să schimbe sentimentele oamenilor)" JOHN FOWLES

Pe aleea parcului, doi îndrăgostiți, o Ea și un El, se privesc în ochi țipând și urlând:

— Eşti un trişor, urlă ea răspicat şi autoritar către el, fixându-l cu privirea. Te voi acuza de abuz de încredere, trafic de influenţă şi folosirea încrederii acordată în alte scopuri mult mai josnice.

Pe aleea parcului se mai găseau câteva persoane care încercau să dispară cât mai repede din raza vizuală a cuplului voluptos de scandalgiu.

Vrăbiuţele s-au ascuns în căsuţele veverițelor care şi ele tremurau din codiţă ascultând concentrate, oprite din ronțăitul de ghindă şi alune de pădure.

— Eşti un mincinos, spuse ea, cu un aer de petrolistă. (petroleuese în franceză)

Pe o bancă din apropiere două domniţe discutau cu înfierbântare despre vestimentaţia pe care o purtau. Una din ele purta o pălărie asemenea celei purtate de Julia Roberts în filmul *Pretty Woman* şi care oferea un aer de mister acelui chip diafan. Celalaltă îşi ţinea privirea foarte sus, ţintind nu ochii prietenei, ci borul din faţă al pălăriei ei. Cele două se opriră şi priviră speriate discuţia.

-Eşti un egoist, rosti Ea, arătând cu degetul cel mare vindicativ spre el, în timp ce figura sa denota un aer friabil.

Ea era îmbrăcată cu o rochie deschisă, un fel de maro cu nuanţe de roz, având mânecile cu o deschizătură largă în partea de sus şi care pregăteau splendoarea ce avea să continue uşor coborând prvirea: un deliciu vizual printr-o deschidere cuprinzătoare spre bustul mare şi plin. Părul şaten deschis era uşor răvăşit din cauza discuţiei. Faţa ei totuşi părea angelică, aparţinând acelui corp ce urma pieptului plin şi continuând cu o talie foarte şubtire uşor feciorelnică din care coborau şolduri virgine. Picioarele ei erau de felină arătându-se prin ciorapii negri doar de la genuchii micuţi şi se ridicau aroganţi pe nişte tocuri înalte. Paşii ei, stăpânirea propriei frumuseţi şi alura o prezentau lumii ca pe o pariziancă născută în oraşul luminii în perioada anilor Flower Power.

— Eşti un ipocrit, continuă ea trasul de obuze către El.

El avea o figura pierdută, inexpresivă, părul negru închis ca abanosul, un sacou bleu deschis, pantaloni negri, pantofi maro. Nimic nu părea să vină în ajutorul lui, să pună capăt tiradei de acuze aduse de acesta autoritară Hera. O tânăra mămică grijulie urmăreşte guriţa sugarului pe care-l plimbă cu căruciorul trecând pasivă şi ignorantă pe lângă cuplul animat de pasiuni de războire.

— Ai distrus interesul de cuplu pentru dorinţele tale cele mai desfrânate.

Un tânăr care practică joggingul trece printre ei în goana calului de curse admirat din loje de Leon Zitrone. În urmă lui vine o doamna în vârstă având o figură de fată bătrână, plină de crăpături mascate de o cremă de faţă, plimbând agale un mic patruped bătrân şi el şi plictisit.

— Am tot dosarul tău, este greu, plin de corespondenţă, emailuri cu toate iubirile tale, amantele tale, manechinele tale…

Un tânăr plin de muşchi pe braţe, vâslind, trecu agale pe lângă malul pe unde cei doi se războiau şi imediat îşi intensifică vâslitul la auzul încriminărilor aduse de ea.

— Este ceva ce vrei să spui în apărarea ta? Eu oricum nu sunt interesată de nihilismul tău, de nimic de la tine, se bosumflă ea şi mai tare, obrajii ei se înroşiseră că trandafirii cei roşii de pe aleea parcului pe unde ei se plimbau.

— Te iubesc spuse el şi scoase dintr-un buzuanar o împletitură de flori de primavară în formă perfectă de inimioară. Te voi pune în examinare atentă până la următoarea sărbătoare de Dragobete, spuse ea râzând îmbujorată, şi se aşeză cu dragoste lângă umărul lui.

— Este tot ce merit eu, spuse el.

1

Planeta asta este făcută să triumfe binele prin toţii porii ei.

Mă numesc Nicholas Petrus, trăiesc în zilele Domnului, sunt un timid şi iubesc oamenii. Când am timp liber ies în parc să mă destind în mijlocul naturii, unde mă întind pe iarbă şi cânt cu plăcere la fluierul meu ciobănesc cu şase găuri. Acolo o întâlnesc pe Ea. Merge pe aleea plină de frunze uscate de toamnă. Trage după ea un troller. Nu este din oraş. Se opreşte şi mă întrebă sfioasă dacă ştiu unde este aeroportul.

Informaţia costă, zic, 10 Ron. Ea scoate 5 Ron şi râzând îi strecoară în mâna mea. Îi înapoiez fastâcitindu-mă. Ce m-o fi apucat să fac pe mercantilul chiar acum. Ea râde. Are ochi mari, curaţi, şi este îmbrăcată cu un jeans, fără farduri pe faţă... Se predă în braţele mele, ca o marionetă, dar la capătul aţelor fără un păpuşar. Încerc să mă ţin tare, să par şi eu un bărbat aşa mai dur. Îmi ridic bărbia ceva mai sus decât în mod obişnuit, ca şi cum aş fi autoritar, apoi tuşesc uşor, ca să îmi îngroş vocea. Mă înec. Ea mă bate pe spate cu mâna ei şi râde zgomotos... Se ridică, mă priveşte dur şi pleacă.

Eu când am dat proba de lucru pentru angajare am primit un sparanghel în mână şi am fost întrebat... continuă te rog, mai departe... Nu puteam să zic că este ţelină franţuzească, eram ruşinos. Am început să vorbesc cu el, cu sparanghelul, în şoaptă, pe ascuns, dar în faţa tuturor, în bucătărie.

Ceilalţi se uitau cu ochii holbaţi la mine:

— Ce tot vorbeşti cu el acolo? Ce spune? — întreba celebrul Maître d'hôtel, încercând să pară serios şi autoritar.

— Spune să îl curăţ, să îl fierb şi să îl trag în tigaie cu unt, răspund eu cu un zâmbet în colţul gurii... Eu deja învăţasem limbajul legumelor şi al fructelor. Trecusem proba şi eram angajat pe loc.

Deasupra intrării în restaurant se află o pictură de mari dimensiuni, înfăţişând un cal mare alb care se sprijină pe picioarele din spate, cu cele din faţă ridicate, lăsând vizibile copitele de aceeaşi culoare ca şi calul. Singurele pete de culoare închisă sunt nările puternice şi cei doi ochi migdalaţi şi puri. Musculatura acestui Pegas este naturală şi bine aşezată. Pare a fi calul unui mare conducător dac.

Pe de altă parte, există o anomie în bucătăria organizată a restaurantului. De aceea poţi vedea feliatorul de caşcaval peste maşina de curăţat cartofi, faianţa care acoperă pereţii bucătăriei plină de maioineză, apoi ieşi afară să fumezi o ţigară, iar când te întorci totul este la locul lui, igienizat şi destinat omului, la fel cum este şi în viaţă. Uneori eşti mai puțin riguros şi mai puțin organizat, apoi eşti în control deplin.

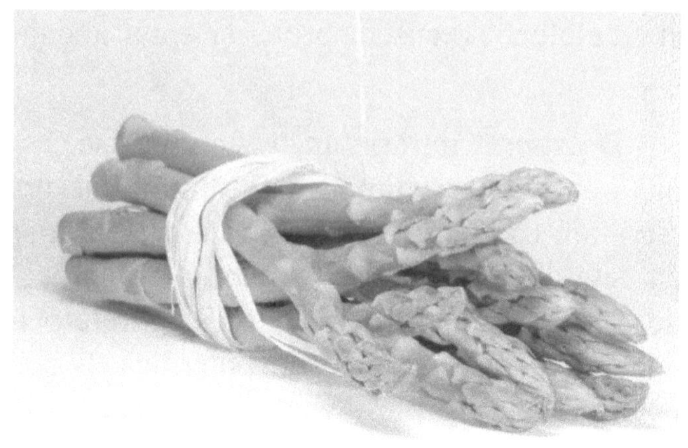

2.

Franţa este indubitabil şi incontestabil locul în care s-a născut gastronomia mondială, stelele Michelin, critica gastronomică.

Iubesc Femeia, Femeia care aşteaptă, Iubesc Femeia modernă şi antică, Femeia este aceeaşi ca un arc peste timp: superbă, divină, eroină şi iubitoare.

Filmul Paşte Fericit, Joyeuses Paques, apărut în 1984, după scenariul lui Jean Poiret, adaptarea şi regia: regretatul George Lautner. Stephane Margelle, interpretat magistral de Jean Paul Belmondo (ce frumos sună Belmondo, Belle Mondo) este un industriaş rafinat şi plin de iubite franţuzoaice superbe. Când soţia, Sophie Margelle (divina Marie Laforet), pleacă cu treburi în provincie, se găseşte cea mai complicată puştoaică, tipic anilor '80, Julie (Sophie Marceau) care să binedispună pe Domnul Stephanne.

O scenă culinară, una de bucătărie, una de alcov mişcă şi alternează acţiunea plasată într-un orăşel de pe Coasta de Azur, unde toată pleiada de interpreţi dau un adevărat recital de actorie. Preparate culinare, vinuri regale, cascade, regaluri, festinuri şi multă voie bună... sunt cuprinse în toate scenele filmului.

Bunul său prieten de o viaţă, actorul Michel Beaune (decedat în 1990, la câteva zile după căsătoria fiului lui Bebel, Paul, cu italianca Luana Tenca), în rolul lui Rousseau întregeşte panoplia de mari actori în film. În plus, în film apare şi iubita reală a lui Bebel din anii aceia, brazilianca Carlos Satto Mayer (fiica unui bogat industriaş brazilian, îndrăgostită de J. P. Belmondo, frumoasă şi cu 30 de ani mai tânără).

Primordial, în bucătărie contează cine şi cum îţi găteşte. O face cu dragoste? Pe urmă ingredientele, oalele, fişa tehnologică, procesul de fabricaţie, modul de preparare, timpi de coacere, glasare, gratinare, decantare. Mâncarea înseamnă arome şi texturi, creativitate, ingrediente... Dar pe primul loc este Dragostea, L`eternelle amour, Precrasnaia liubva, Love is all we need, Ich liebe dich.

3.

În zilele noastre vorbim mai repede, iubim mai repede, mâncăm mai repede. Puii sau porcii pe care îi cumpărăm pentru gătit de la supermarket trăiesc şi ei la fel. Se dezvoltă cu repeziciune, plini de hormoni, pentru a ajunge lipsiţi de textură, în farfuriile noastre.

Marele războinic legendar Napoleon Bonaparte a fost întrebat după ce cucerise o bătălie importantă care a fost cea mai importantă zi din viaţă lui. El a răspuns senin, iar ceilalţi au amuţit: ziua când m-am împărtăşit prima dată.

Am un coleg tânăr de 20 de ani cu nişte ochi mari, senini, părul brunet natural, statura masivă, impunătoare. Este la fel ca toţi Homo Gastronomicus din zilele noastre, narcisist, foarte atent la aspectul exterior, preţuind orice secundă pentru aranjatul hainelor, frezei şi tot ce înseamnă look. Dar are un obicei urât, uită tot timpul ceva: cheia de la intrare, căciula la vestiar, umbrela în lift sau portofelul printre seretarele cu pliculeţele de sare şi piper.

4.

Într-o zi, era multă lume în restaurant. Clienţii nu se mai opreau şi intrau din abundenţă. Parcă erau văcuţele din cătunele montane care se întorc pentru a fi mulse. Noi eram plini de nervi, emoţie, stress, panică.

În bucătărie era un război total: napii căzuți din ladă, angelica şi rubarba vărsate peste dulceaţa de afine, jigoul de berbec amestecat în tavă cu navarinul de vită, ciboulette la braţ cu chivas rostogolită în ratatouille, smirna căzută peste hasmatuchi, mascarpone care se sărută cu ricotta, schinduful împrietenit ad-hoc cu zahatarul, isopul intrat în tavă cu jigoul, chimenul peste chimion, bulgurul vărsat peste bulgog... Baba Ganoush văzută cu un sandvici Croque Monsieur pe o salată Nice.

— Vă rog să vină şi la noi la masă să ia comandă, că suntem şi noi oameni cu serviciu, responsabilităţi, cu mai multe joburi. Era o fată subţirică în talie, cu alură de cosânzeană din sec XXI.

O faţă spendidă şi suavă în acel ocean de voci transpirate şi suflete pârjolite, mirodenii împrăştiate și căzute. Se făcu tăcere. Pantalonii ne căzuseră pe sub şorţul de bucătărie iar noi tremuram din toate incheieturile. Mai aveam puţin şi plângeam. O astfel de făptură, tocmai ea să rămână neservită prompt de echipa *braţe vânjoase şi frică în oase*. Imediat colegul meu spuse:

— Ne cerem mii şi mii de scuze. Spuneţi-mi mie ce doriţi şi vă iau comanda. Toţi ne opriserăm din pregătitul celorlalte comenzi. Aşteptam încordaţi ca taurii care scurmă pământul cu copita. Şi… tăcere. Tăcere mare, tăcere lungă şi prelungă. Ne uităm spre ea. Dar EA ne uitase pe noi, era pe Facebook. Degeaba o rugau bucătării şi personalul să spună ceva, ce doreşte, era în alt univers.

— Gata, gata. Lăsaţi-mă să citesc ce mi-a scris Zoiţa pe facebook şi-și plecă capul îmbufnată. Noi ne-am văzut de-ale noastre, de-ale gurii. Un coleg zice printre dinţi, trebuie să controlezi tu tehnologia, nu ea pe tine.

5.

I se spunea Contele. Îl interesa tot ce era lucrativ şi vindicativ. Mânca tot timpul brânză de Comte. Un bărbat înalt în jur de 40 de ani, corpolent, ras proaspăt tot timpul, aprig la privire. Nimeni nu îndrăznea să vorbească cu el ceva, toţi îl aprobau, se prefăceau că se bucură când apărea. Ca nişte căţeluşi speriaţi în faţă unui mascul alpha ne scălâmbăiam fără încetare în prezenţa lui. Ştia să controleze şi să domine focul mai bine ca nici un alt chef.

Filmul Aripioară sau picior, L'aile ou la cuisse a avut premiera pe 27 Octombrie 1976, regia Claude Zidi, cu Luis de Funes şi Ann Zacharias, este o comedie foarte agreabilă.

Un faimos critic gastronomic şi aventurile sale din domeniu culinar. Charles Duchemin, director general la marele Ghid gastronomic, personaliate marcantă de l`Académie Française, găseşte un adversar redutabil în talia unui director general şi patron de restaurante de lux din Franţa, Jacques Tricatel. În plus, fiul lui, Gérard animează feeric marele circ.

Tortul imens de ciocolată, mousse, frişcă se prăvălise din cauza greutăţii. Colega Luana când a intrat a alunecat şi a căzut peste el. Tortul a devenit irecuperabil şi netransportabil. Lactantius a luat o bucată mare de frişcă și a aruncat spre Petrus, care a aruncat una spre Conte. Începu o bătaie cu frişcă de unde nu lipsea decât Wolf Blitzer (*Wolf - lup în engleză*) de la faimosul şi apreciatul post de televiziune American CNN.

Se privesc unii pe alţii şi au un aer că şi cum ar şti deja care din ei ar fi făcut acea simonie blasfemiatoare. Cineva furase reţeta unui sous chef şi o folosea pentru locul lui de muncă. Şi totuşi, nu putea fi aplicată cu succes pentru că lipsea ceva, un ingredient uitat, ceva foarte fin. Inoubliable.

Mă încrunt. Sunt rege dac şi pregătesc planuri de lupta împreună cu dacii mei. Dac în limba frigiană înseamnă LUP.

Lupul era prezent pe stema dacilor.

Lupii, au venit Lupii mai spune şi Dem Rădulescu într-un film din colecţia BD.

Oare cum arăta o bucătărie pe vremea dacilor la Sarmisegetuza? În mod sigur cu agurijoară, mirt, smirnă şi angelică, miere, cereale, peşte, vin, ceară, piei de animale pe pereţi, lemne, untdelemn şi sare. Oale de lut, opaiţ de metal sau pământ, toporişte. Fumul ce urca din coşul cuptorului, cerdacele, băşica de bou, dragostea fierbinte. Văd un dac cu o barbă lungă şi deasă, stufoasă ca o pădure uitată de timp, cu un fluier ciobănesc. El se uită atent la Tarabostesul

Deceneu consultându-și gnomonul și câteva vioaie nimfe, soţiile lor pregătind cu multă dragoste bucate tradiţionale, copiii râzând de după storuri.

Unii, strânşi la o adunare, vorbesc toţi odată şi toţi cred au ceva important de spus, fac glume şi râd. Un dac pletos cu o barbă blondă, privire ascuţită şi pomeţi proeminenţi cântă la un fluier ciobănesc cu şase găuri.

Visam tot timpul Cinema, Cinema. Am vizionat în trecut multe filme, dar foarte puţine filme cu strămoşii noştrii Dacii. De ce oare?

Îmi este dor de Cinemateca Română, de mirosul acela de cinema Cult. În anii 80, în cinema se promova eroul polițist, în anii 90 cel musculos şi începând cu 2000 eroul devine femeia, sufragetă modernă sau bărbatul din bucătărie transformat în chef. Ţipete şi urlete la cinema, ţipete şi urlete în bucătărie. Îmi place filmul cu eroine, dar fără ţipete.

6.

—Vrei să devii bucătar chef am auzit, zise el. O să devii bucătar chef când o să urc eu pe Everest, daaa continuă el maliţios şi totuşi el era un şef bun, puţin ruginit, luam masă împreună şi când gătea el ceva personal eram primul pe care îl chema să ia prima farfurie. Era vechi şi experimentat. Avea 19 ani de bucătărie. 19 ani de mirosuri de fierturi, zeci de porci şi viţei gătiţi, sute de pui şi dorade fripte, tone de cartofi prăjiţi, milioane de ouă…

În parc, într-un nuc ud de o ploicică de vară, vrăbiuţele adunate în grupuri politice cu vedere de dreapta ţin o şedinţă zgomotoasă.

—Voi pierde avionul, nu vreau să te pierd pe tine, spune ea şi se depărtează de mine. Mă cheamă Mirela I. Pe tine?

Eu mă recomand, dar vorbele mele sunt întrerupte de telefonul care sună strident întrerupând orice formă de iubire. Şi totuşi, în timp ce interlocutoarea vorbeşte la telefon se apropie de mine cuceritoare şi mă sărută. Un dulce suav, câţiva stropi de miere rămân pe buzele mele. Pleacă …

7.

Era o seară ciudată, iar eu singur, abătut, îngândurat, fără comenzi, fără clienți.

–Am nevoie de nişte procaină! — urlă colegul proaspăt întors din Cartagina (cea din Columbia, nu cea din Africa). Au râs toți.

– Însuţi tu, băi ruginitule, care vii din Columbia şi doreşti cocaină, află că nu avem, dar îţi putem oferi nucşoară (mirodenie care în doze potrivite provoacă efect halucinogen şi afrodisiac).

– Vreau procaină, nu cocaină, deoarece mă dor genunchii foarte tare şi la reumatismul meu am luat Gerovital, dar nu se mai găseşte.

Ana Aslan, creatoarea Gerovitalului, a fost una dintre figurile feminine importante alături de Elena Cuza, Regina Maria, Hortensia Papadat Bengescu, Ecaterina Teodoroiu, Maria Oltea - mama marelui Ştefan cel Mare şi alte nume mari de femei şi mame pe care cu deferenţă le omit.

Tot ce există medical științific la înalt nivel de cunoaştere în domeniul imbătrânirii se datorează acestei mari Doamne. O mare patrioată, a dăruit ţării un institut de cercetare şi o marcă de renume mondial care va dăinui.

Dacă cineva din domeniul medical ar face o trepanație într-un oscior de româncă va curge doar dragostea pentru ţara lor sacră şi pentru bărbații lor. Ea este dornică să le ofere mângâiere, răsfăţ şi alint ca la nişte copii. Mineralul lor conține încrengătura de iubire și de adevărate războinice, apărătoare ale țării lor.

De la fătuce tinere la babe poţi vedea imediat armura direct aşezată peste rochiile cu superb decolteu vădit proeminent fiind gata de apărare a meleagurilor şi locuitorilor ei.

Leoaice inteligente, care în imensitatea timpului au fost porumbiţe timide, pot ataca orice inamic vizibil şi iminent. Conducătorul lor, pantera, leul care le este călăuză şi lumina se numeşte Isus Hristos.

— În bucătărie se practică sportul facerii de bine, spuse o colegă tânără, inimoasă, muncitoare şi zâmbăreaţă care cară navete cu pâine şi chifle. Este commis şi o minune de camaradă.

Fata sous chefului, un copil de 17 ani, venea des la restaurant, se aşeza pe fotoliul mare din piele din holul restaurantului și, timp de 20 de minute, vorbea cu toată lumea frumos, apoi cerea

50 Ron tăticului pentru a cumpără mâncare de la fast food şi pleca repede.

Cuvântul *Viaţă* este regele cuvintelor din galaxia noastră, dar pentru gastronomie cuvântul *Sare* este regele cuvintelor, urmat de usturoi, ulei de măsline, busuioc (hrana regilor, dar și a dacilor) la fel ca pe o tablă de şah: regina, tura, calul, pionul şi nebunul şi mă opresc tulburat pentru că nu ştiu unde este locul bucătarului pe acesta tablă.

8.

În singura sâmbătă liberă din program plec cu ea la munte. Drumul trece repede şi în circa un ceas ajugem la baza muntelui. Ea se apropie de mine şi spune: „nu urc, îmi este frică".

Încep ascensiunea singur. Paşii sunt mărunţi, dar calculaţi pentru a urca şi a coborî la timp. La jumătatea muntelui, la marginea poienii plină de năsturel (ce plantă este şi asta), câteva mişcări bruşte mă fac să mă prăvălesc într-o râpă. Cad şi îmi pierd cunoştinţa. Mă trezesc şi simt o duhoare sălbatică dar tandră care mă adulmecă, mă trânteşte, mă rostogeleste, mă hăituieşte. Este un urs uriaş maro deschis, cu un cap alungit şi puternic. Este sfârşitul meu. Acest animal mă va devora, se va înfrupta din carnea mea, din fiecare ţesut și ligament. Iar eu voi fi neputincios. Oarecum mă va prepara înainte de a mă arunca pe gâtlej: brezat, consome, glasat, gratinat, marinat, sote sau sufleu?

Privesc cerul pentru ultima oară. Ce frumos a fost totul. Regret plecarea mea de lângă Ea şi regret neîntoarcerea mea lângă Ea. Inima se zbate să îmi sară din piept şi plânge după ţara mea... Sunt singur, abandonat, aruncat. Îmi este frig, foarte frig. Simt plecarea spre cer încet, cu paşi luminoşi... Ameţesc şi adorm... Câteva păsărele cânta voioase. Deschid ochii şi văd cum ursoaica pleacă în frunzişul pădurii. Privesc atent şi observ că ea a fost cea care a tras corpul meu inert afară din râpa uriaşă şi că sunt nevătămat.

Chiar am poftă de viaţă şi de iubire mare şi cobor spre ea. O privesc în timp ce moţăie pe un trunchi de brad tăiat. Este liniştită şi vie. Mă arunc peste ea. Sare speriată de pe buştean şi pleacă de lângă mine.

−Credeam că a venit ursul, fraiere care sperii oamenii — spune ea. Eu râd tare şi cu poftă, că mi se înroşesc şi urechile şi obrajii.

Arta în farfurie este efemeră. Poţi executa o lucrare peisagistică, portret chiar şi scene de bătălie. Odată ce a intrat furculiţa şi cuţitul pe acolo, totul se dizolvă.

—Meniu vegetarian aveţi? — întreabă o doamnă minionă. Lev Tolstoi, în romanul „Învierea“ descria la 1860 vegetarienii ruși din pravoslavnica Mamă Rusie, acești ruși care nu reuşesc să-și atingă niciodată țintele. *Pentru că le depăşesc întotdeauna* — aud în altă seară de la o masă plină cu ruşi voioşi serbând Anul Nou după calendarul Gregorian. Sunt clienţi buni pentru restaurante din toate punctele de vedere.

9.

Afară plouă şi este ceaţă, clima este puţin diferită astăzi. Zilele trec pe neobservate. Mă sărută cu foc şi se aude în tot autobuzul. Ce poate fi mai înălţător decât iubirea?

Ea este o făptură diafană, splendidă lumânare a dragostei.

Iubesc, iubesc, iubesc. Sunt un incorigibil. Filmul din 1975 L`incorrigible, (Incorigibilul), scenariul Philippe de Broca şi Michel Audiard, regia inefabilul Philippe de Broca o comedie în care Bebel alias Victor Vauthier schimbă hainele, damele, identitatea şi personalitatea printre mese şi restaurante de multe stele Michelin. Alături de Michel Beaune în rol de Ministru al Culturii participă genialul urâcios Julian Guiomar (Camille), nimfa Genevieve Bujold (Marie Charlotte Pontalec) şi alt bun prieten al lui Bebel, Charles Gerard (Raoul). Mult vizitatul obiectiv turistic francez nr.1, plin de încărcătură istorică, MontSaint Michel (apărut în vremea Sarmisegetuzei) joacă un rol important în film. În Franţa filmul a avut succes enorm, dar în Germania a fost primit regeşte.

Dacă ai un restaurant mic trebuie neapărat să aibă marfă proaspătă, angajaţi oneşti şi preţuri accesibile. Eşti învingător.

Colegul şi prietenul meu, durul şi aprigul Oroles, arată ca un gladiator atunci când intră în bucătărie. Îşi prepară o cafea cu mult lapte şi, atingând delicat toate firele de par din barba sa lungă, spune cu voce tare: „gata cu joacă, gata cu seriozitatea! La treabă!“. După câteva ore îl vezi cum începe şi curăță atent toate frunzele plantelor din ghivecele cu mirodenii şi condimente. Udatul şi curăţatul începe cu Salvia (salvatore), Coriandrul, Năsturelul, Menta Rozmarin, Cimbrişorul și, în cele din urmă, se întoarce la Salvie smulgând o frunză care nu mai este verde.

În parc este o ceaţă de dimineaţă. Un luceafăr matinal zăboveşte printre copacii plini de veveriţe.

EA este cu mine. Ne ţinem de mână. Ea este o extensie a mea şi eu o extensie a ei. Doream să pot să vorbesc cu ea mai multe, aveam un plan în cap ce să-i spun, dar iată că nu pot să vorbesc nimic. Mă simt ultimul romantic din lume. Ea este vioara şi eu sunt coarda care o fac să cânte. Afrodita este lângă mine. Am descălecat pe tărâmul dragostei.

Pe o banca de pe aleea unde suntem se zăresc alţi îndrăgostiţi care se sărută cu patos în timp ce îşi şoptesc cuvinte de iubire.

Dragostea. Iubirea. Sentimentele. Albinele. Soarele dimineţii. Oamenii.

10.

Mă întorc la bucătărie, la restaurant. Pereţii interiori ai bucătăriei sunt plini de tablouri, multe imagini înrămate. Tot spaţiul este o pinacotecă, ce conţine părţile anatomice al porcului, vacii, feluri şi specimene de peşte, feluri şi specimene de scoici, feluri şi specimene de stridii şi multe reţete de preparate. Nu există o hermeneutică anume şi totuşi, nu se dezvăluie uşor această multitudine de elemente. Sunt parcă nişte cărţi de înțelepciune vechi.

— La treabăăă! — se auzi o voce de femeie matură, cu aer fovist, dar vocea ei zbârnâi văzduhul şi pereţii încărcați de tablouri.

Colega ei era în plină dragoste modernă. Avea un blog şi prietenul ei o adresă de email.

Tot timpul era acolo, pe blog, totuşi nu ştia cum arată el decât din poze. Se pot oare astfel oamenii iubi?

Noaptea vine pe ascuns dar mă îngrozeşte. Visez des acest vis: sunt primul chef din România care are stea Michelin pentru restaurantul lui. Am trudit greu, cu eforturi considerabile zi şi noapte documentandu-mă, evitând orice pastişă revolută în estetica farfuriilor pregătite pentru clienţi, cercetând atent, studiind, dar am obţinut-o. Şi deodată aud o voce metalică sunând sacadat: „Nu mai avem nevoie de bucătari. Inteligenţa artificială împreună cu roboţii pot găti şi prepara cele mai bune menuri. Afară cu bucătării, afarăăă!“ — mă trezesc în plină noapte transpirat ud leoarcă şi speriat. Schimb tricoul fără să o trezesc pe ea.

11.

Dimineaţa următoare Ea mă trezeşte cu săruturi dulci, furate. Limbajul cuplului există la noi. O zi eram eu locvace şi Ea doar mă săruta ţinându-mă la pieptul ei ocrotitor şi, tradiţional romantic. Următoarea zi Ea ţintea prolixul, iar eu eram aidoma unui adolescent virgin care se prezintă la întâlnire prima dată torpilat de dragoste şi eternul feminin.

Anii adolescenţei. Oare cum ne-am vedea cu ochii maturităţii, citind jurnalul intim al adolescentului din urmă cu 37 de ani? Ce gânduri am avea despre noi? Ce fraier inocent sau ce romantică blegomană! Sau, poate, Doamne ce frumos este fiorul dragostei? Câte iubiri pline de anacronisme s-ar întintinde în faţă noastră? Care ar fi numărul jurnalelor care se opresc la prima iubire şi al celor care ar începe de aici? Câte şiruri inexorabile de întâlniri, atingeri, sărutări, tremurări incandescente ar purcede spre realitatea cruntă?

Rămân în pat şi o privesc cum îşi pune ciorapii negri pe coapsele ei subţiri şi fragile dar atrăgătoare şi senzuale. Pe urmă fusta, bluza şi puloverul, la sfârşit cizmele...

– Dacă nu prind metroul sunt terminată pe vecie, mă omoară şefa! — zice şi pleacă repede, după ce mă sărută. Doream să pot să vorbesc cu ea mai multe, aveam un plan în cap ce să-i spun, dar iată că nu pot să vorbesc nimic. Perna păstrează mirosul ei.

Eu sunt dac şi Ea, Dacia. Trecutul este clar, viitorul nesigur. Artă militară, artă culinară, general, chef de pârtie, asedii, service, baliste şi catapulte, barde şi topoare, ouă Benedict.

Mâncare, mâncare, mâncare. În urmă cu secole, oamenii mâncau odată pe an ce mănâncă acum mulţi oameni în mai puţin de o lună. Suntem nişte hulpavi, nişte mâncăi.

Filmul Morfalous (Mâncăii), scenariul şi regia măreţului Henri Verneuil are puţine cadre filmate cu mâncare, dar eroii acolo au altele pe cap (război, aur, gloanţe, minuni). Sergentul dezertor Pierre Augagneur, alias Jean Paul Belmondo, încalcă regulile militare. După multiple scene de bătăi cu şeful său, plutonierul Eduard Mahuzard (Michel Constantin) — scene de iubire cu frumoasa Helene de La Roche Freon (Marie Laforet) şi ospeţe pantagruelice cu Jacques Villeret (jandarmul Beral) — pune mâna pe tot aurul lumii. Toţi se avântă să-l prindă, să-l bombardeze, să-l sugrume, să-l păcălească, să-l azvârle în ocean. Continuarea... vizionaţi filmul.

12.

În seara de duminică suntem invitaţi la colega Ei de facultate, la cină. Ea îmi povesteşte despre o frază cheie care o bântuie, în urma citirii unui roman de Milan Kundera (nu ştiu ce scriitor este acesta şi sunt puţin interesat de ce a scris el). *„Fără sentimente sexualitatea se întinde ca un pustiu în care mori de tristeţe"*, repetă Ea.

Masa este aşezată la perete, cu câteva şerveţele, păhărele de vin şi chipsuri pe ea. Bufet suedez într-o seară latino. Suntem în total vreo 8 persoane: graşi, slabi, invidioşi, flămânzi. Gazda a gătit pizza capriciosa. Toată lumea o aştepta cu sufletul la gură şi stomacul gol.

–Cu ce te ocupi? — mă întreabă o invitată care ţine în mână un samovar strălucitor. Mă studiază atent de sus până jos.

Lucrez în bucătăria unui restaurant, răspund eu. Invitata izbucneşte în râs tare şi pleacă. Încearcă să vorbească cu altcineva şi o sună telefonul, „ce vrei conţopist-o?" — spune ea şi se retrase din unghiul meu vizual. Atmosfera este festivă, plăcută şi uşor dansantă. Suntem anunţaţi că este gata pizza capriciosa. Cu toţii se aruncă şi înşfacă bucăţi cât mai mari. Nu se mai ţine cont de rând. Mâinile tuturor sunt unite şi par nişte tentacule. În câteva secunde toată pizza a dispărut. Privesc la ceilalţi. Înghit cu duşmănie bucăţi mari din pizza capriciosa. Eu mă întorc la ea cu paharele cu vin cât două degete. Ciocnim uşor, ne privim în ochi, ne mângâiem cu privirea unul pe altul şi sorbim. Seară romantică în doi.

– Petrus, Petrus, Petrus! — se strigă din bucătărie. Era ziua Contelui şi după program s-au strâns toţi ca nişte puişori în jurul cloştii.

– Petrus Nicholas să cânte ceva! Să cânte imediat! El era cu un pahar de vin roşu şi asculta cum tânărul ucenic recita cu patos o poezie. Ceilalţi colegi, deja un pic mai mult beţi decât domnia sa, erau ca nişte statui triste.

– Toată lumea drepţi! — strigă Petrus şi ceilalţi se ridicară de pe scaune, pentru ca mai apoi să se prăbușească unii peste alţii pe jos. Petrus se împiedică şi căzu peste ei. Se ridică, îşi aranjă ţinuta meticulous, făcu un pas şi căzu direct peste câteva gingaşe coaste ale un animal.

+ „Cine intră în bucătărie intră în purgatoriu“ — era un slogan care se auzea în şcoala de bucătari. Intrasem în bucătărie fără un scop ascuns. Vedeam peste tot la tv, în media, ce tare este să fii bucătar şi am zis, „Aşa să fie!“, Nici nu prea ştiu ce înseamnă purgatoriu.

Albinele au luat polenul din plantaţia dragostei şi au acoperit cu el buzele ei.

O zăresc pe aleea parcului. Sunt emoţionat, cu picioarale tremurând. Stă cu spatele şi o bat uşor cu mâna pe umărul ei stâng, ea se întoarce şi apar prin dreapta. Râdem amândoi, la fel ca în perioada juvenilă care a trecut pe lângă noi, dar urmează să intre din nou în casa iubirii noastre. Eu şi Ea.

Ne privim unul pe altul, ca două ființe atemporale. Cineva, cumva tăiase acei ghimpi ai iubirii plină de suferință şi răni.

Prezenţa ei mă întăreşte, îmi dă putere şi aripi. EA îmi şopteşte că vrea să mă petreacă, peste tot, să fie cu mine oriunde merg. Sunt de acord. Ne aşezăm trupurile pe iarba parcului, ne îmbrăţişăm tăvălindu-ne prin iarbă nearsă de soarele dogoritor al verii şi continuăm să ne rostogolim. Mă opresc şi privesc atent chipul frumos, cărnos, bucolic ce apare în faţa ochilor mei. O mângâi, o sărut. Biutai Ema (iubita mea).

Periodic sunt vizitat de Oroles prietenul meu dac sau Lupul, cum îmi place să-l strig, ce coboară din inima munţilor prin tuneluri şi cărări doar de el şi de mine ştiute, purtând în mână o biserică albă impunătoare.

Dacii erau războinici blonzi, neînfricaţi, care în mijlocul bătăliilor se transformau în redutabili carnasieri, lupii înfometaţi mânaţi în luptă de regele lor, marele conducător Decebal.

Perioadele de pace erau pentru daci doar linişte şi armonie, bucurându-se de dragostea neostoită a femeilor, frumoasele şi luminoasele lupoaice care se asemănau auralitului pentru bărbaţii neamului lor.

13.

Din bucătăria restaurantului cobor scările la subsol. Subsolul şi scările sunt peste tot, în toate restaurantele.

–ATENŢIE!, se aude o voce răstită. Avem o masă cu 50 de persoane venite din Franţa şi o altă masă cu 20 de persoane venite din America în seara asta. Nicholas Petrus stai pe fază şi dă totul, vreau mişcare, élan, grabă, teamă în tot.

Întreb dacă pot îmbunătăţi cu ceva procesul tehnologic. „CE?"— se răsteşte el la mine. După care iese afară tunând şi fulgerând, bombănind şi spintecând aerul. Râdem cu toții. Aprig om.

Francezii şi semenele lor beau vinul sorbind din pahar cu nişte buze ţuguiate, strânse asemeni unor ventuze din tentaculele unei caracatiţe.

Eu şi ea, Unus Mundus, Cerul şi pământul, Marte şi Venus...Văd în Ea, în fiinţa ei delicată, propria fericire şi primăvara înfloritoare a vieţii mele.

Nu există artă a gastronomiei fără un gram de ambiguitate. Revin cu un chef de muncă ca de luni dimineaţă. Toată lumea este tristă. Îi privesc şi încerc să înţeleg ceva. Ce se întâmplă? Colega mea, Luana, este cea afectată. Are o fată de

18 ani, prinţesa ei, care a rămas gravidă. „Cu cine?“ — urlu eu când văd atâta suferinţă şi lume atât de deprimată în jurul meu. Aflu că viitorul tată este colegul ei liceu. Da, bun şi, şi...? Care este problema??? Sunt corectat şi atenţionat. Ce o să mănânce? Ce o să se întâmple? Cum se vor descurca? Cum vor trăi? Cuget: „trăim ca să iubim şi acum ne supărăm.“

Pe urmă am primit un ferpar, adus chiar de Ea într-o duminică liniştită, de un ger siberian. Luana ne invita pe toţi la nunta fiicei sale cu tatăl copilului. „Mă voi îmbraca simplu — a intervenit Ea — pe deasupra sutienului alb voi purta o ie, voi avea fustă roşie brodată la margini, deasupra genuchilor şi voi fi nemachiată.” Simplu şi frumos, exact cum era Ea, care adaugă *„Patsaluy minya“* (*sărută-mă*, în rusă).

14.

Într-o dimineaţă, un gândăcel verde pe geamul tocului din camera mea. Mic şi verde urcă vertiginos spre partea superioară a geamului. Vreau să îl prind, dar reuşeşte să scape şi o ia şi mai tare în sus. Mă arunc spre el şi îl prind. Ea, care doarme încă în pat, are frică mare de gândaci, târâtoare şi alte gângănii. Vreau să îl pun pe perna ei şi o trezesc, dar când să deschid palma el a dispărut. Unde a plecat verzuliul?

„In vino veritas“, se aude din bucătărie. Femeile dacilor după culesul de toamnă îmi apar împodobite cu ciorchini şi coroniţe de flori. Cântă nostalgice în timp ce bărbaţii lor beau zeila (vin în limba dacă) din cupe de lemn şi din cornuri mari de vită. Se aşază pe piei de animale, lângă ei, sfioase şi servesc braga şi brystos (bere de orz). Pe urmă, dacii pleacă la luptă, în timp ce ele continuă să confecţioneze din lână, cânepă şi in o mulţime de cămăşi şi ciorapi pentru bărbaţii lor. În acele haine se împleteşte şi iubirea pentru stăpânii şi bărbaţii lor.

+În gastronomie, în bucătărie nu există Taedium Vitae, dar nici deriziune. Tot timpul sare în faţa ta acea problema care schimbă complet cursul zilei fixat de tine, mă gândesc în timp ce clienţii la mese urmăresc degetele mele care aranjează mâncarea în farfurie. Mari mâncăcioşi mai sânteți! Mănâncă mult, foarte foarte mult!

Dacă vor continua aşa va trebui să schimbăm uşile, lărgindu-le, pentru că toţi vor arăta ca nişte luptători de sumo importaţi.

15.

Cine era el, acest Conte? Un Homo Faber transformat în Homo Ludens. Și asta pentru că vroia să te vadă muncind pe brânci, pe urmă să sari ca o sfârlează, să râzi, să te tăvăleşti pe spate în hohote avand energii nebănuite şi puteri miraculoase asemeni ființelor imaginare.

Seara veneau câţiva tineri care formau un band. Cântau de toate: folk, rock, muzică românească. Se strângea lumea, în special duminică. În timp ce formaţia cânta un rock săltăreţ, la masa de lângă scenă erau doi tipi între două vârste. Unul foarte spătos, cu nas mic şi frunte strâmtă, invită la dans o tânără care se afla la masa de vizavi, de unde se auzeau râsete şi chicoteli.

Individul băuse mai multe beri şi era foarte sprinţar, de aceea o apucă pe tânără cu mişcări bruşte de mijlocul ei şi în următoarea fracţiune de secundă o aruncă în sus, ea controlându-și din încheietura mâinii aterizarea corpului în colțul opus. Umărul fetei se dezveli lăsând să se vadă dantela bretelei de la sutien, ca un desert pentru ochi. Dansul acesta se repetă sacadat şi impresia era că fata pleca spre cer şi se întorcea, mai roşie şi mai roşie în obraji, pe pământ.

+De aseară nu mai răspunde la telefon. Ştiu demult că pe lângă Ea este un tip arivist care o doreşte pentru el. Ea tot încerca să îl ţină la distanţă. O invitaţie la plimbare cu maşina nouă, un restaurant modern, câteva pahare cu alcool, ea în braţele lui râzând de băutura care i-a intunecat memoria şi a făcut din Ea o curajoasă femelă... Acum înţeleg totul. Ceaţa se ridică de pe capul meu. Este clar: părăsit, lumea mea s-a terminat, abandonat cad pe jos, printre frunzele uscate. Urmează abisul, neantul. Ce să fac: droguri nu, dar îmi amintesc că am acasă o sticlă de absint pe care o voi folosi provocându-mi o moarte agresivă, nebunească, fără doctori, fără mormânt.

Deodată o voce mă preia şi îmi şuşuie ceva în urechi. Mă ridic şi plec la biserică. Clipele până acolo sunt lungi secole pentru mine, întrucât peste tot sunt întâmpinat de oameni care râd de mine, se bucură cu o seninătate demenţială, îmi aruncă cuvinte defăimătoare. De fapt, în cele din urmă, constat că nu este aşa şi că oamenii au treburile și grijile lor, iar eu am un foc mare în suflet şi atât, nu au nimic cu mine.

Biserica se ridică în faţă mea impunătoare, transcedentală, de o strălucire magnifică, gigantică. Ajuns acolo mă aşez pe un jilţ din dreapta uşii măreţe, seculare, de lemn masiv şi plâng minute în şir. Lacrimile îmi udă batista, şerveţelele, lacrimile sunt sângele sufletului meu. Da, gata acum mă liniştesc şi sunt în tihnă. Pe drumul de întoarcere mulţumesc Domnului pentru că am reuşit să mă liniştesc.

Ajung acasă şi o văd stând pe scările de la etajul inferior, aşteptându-mă cu lacrimi în ochi. Pierduse telefonul la facultate. Nu, nu minte. Nervos pe ea, vreau să o pleznesc, dar izbucnesc în lacrimi. Mă ia de mână. Ce dragă îmi este! Mulţumesc!

16.

-Du-te să iei tu comanda, că ospătarul lipseşte puţin, urlă din toţi rărunchii şeful de sală. Mă apropii timid şi văd un individ lipsit de livresc, la vreo 180 de kg, care mă urmărise cu privirea ca pe o ţintă fixată clar de la început. Eu am slăbit foarte mult de când am intrat în domeniul acesta. Colegii spun că semăn cu Charile Chaplin.

În filmul „Goana după aur“ este scena când Charlot este urmărit de intrusul gras şi înfometat din cabana din vârful muntelui unde căutau ei aur, și arată ca un pui uriaş fără pene, care se plimbă prin cameră dând din aripi. Exact aşa mă priveşte şi acest domn. Un pui de găină vede și el. „Comandă aici“, tună acesta, fulgerând văzduhul: „să fugă la mine un platou rece cu tartine, un purcel de lapte la cuptor cu cartofi presăraţi cu măghiran, o pulpă de beef şi 2 bucăţi de dorada şi 5 sticle de vin“.

Mai avea puţin şi mă mânca şi pe mine. Quelle chance!

+ Țâșnesc săgeţi din arcuri încordate de mâini mari de daci. Mă aflu la vînătoare de ierunca alături de câţiva daci pletoşi, cu spate herculean. Frumoasele Hebe, Artemis şi Hera ne veghează de după un pâlc de brazi mai mici. Soarele stă ascuns în dosul stâncilor şi prezenţa să este bănuită. Pădurea ne este prietenoasă, plantele ei ne surâd, ne salută. Un izvor de munte se aude aproape de încălţările noastre, nişte opinci scorojite şi bătătorite din blană de iepure. Izvorul se aruncă de pe marginea culmii plină de pietre dându-ți impresia că urlă.

Cascada formată este încadrată de două mari stânci. „Cascada Urlătoarea să fie numită! Să vină găinuşele astea, că obişnuiesc să arunc pe gât câte 20 odată“, se auzi vocea triumfătoare a celui mai bătrân dac. Se numeşte Vezina. Capcanele sunt pline de alunari şi alte păsări de vânat. Umplem carele şi căruţele cu lemne de foc şi vânat şi ne întoarcem la castru. Bazinele cu apă sunt pline şi depozitele aprovizionate cu hrană. Comandantul încalecă şi pleacă în ropot de cai spre marea cetate, Sarmisegetuza.

Ea şi Eu. Biurei (anagrama cuvântului iubire). Când iubeşti şi conştientizezi aceasta simţi că pluteşti. Plotin avea dreptate când spunea că suntem fiinţe pneumatice, în consecinţă ne ridicăm spiritual cu ajutorul iubirii la mari înălţimi. Ea Este pentru mine UN soare mare dezmierdat, o materie frumoasă.

17.

Sarmisegetuza, cetatea din Munţii Sebeşului se ridică în mijlocul unui grup de cetăţi şi fortificaţii. Adulmec văzduhul şi simt un aer biruitor. Drumul serpentin îl urc pe cal, trecând printre lucrători care aduc din vale materiale de construcţie, bolovani cioplţi, var şi provizii de apă. Trec de terasa superioară, traversez zidurile pietruite cu jgheaburi transversale şi descalec în faţa Palatului Regal. Îmi aranjez ţinuta, îmi verific la grumaz lanțul cu cruce mare de aur. Este la locul său. Un stol de porumbei albi îmi taie calea.

+„Vă iubesc domnişoară!“. Ea este un manechin, fotomodel, mademoiselle, doamna, domnișoara, silfida modernă. Toate fetele sunt fotomodele. A mea este şi studioasă acum, pentru că pregăteşte o lucrare şi de ceva timp o simt tensionată și uşor stresată. Mă priveşte şi ochii i se luminează. Ne îmbrățișăm.

Pe drum spre serviciu ochii mei fug spre dansul liniar al unui zmeu spre cer. De foarte mult timp nu am mai privit cerul. Este curat, albastru infinit plin de armonie. Ajung la muncă şi relatez colegului experienţa avută mai devreme. El adaugă: „cerul este brăzdat de linii albe... parcă prea multe avione...“ şi oftează plin de suspin.

Dispariţia lui Nicholas Petrus din bucătăria restaurantului are loc în timpul unui concert şi cu sala de servire plină ochi. Unde este eclecticul Petrus? Chef Nicholas Petrus este rugat şi implorat să revină la locul lui.

De ce a dispărut ca un meteor lăsând în urmă lui doar o neclară senzaţie de dragoste? A creat atâtea reţete noi, adevărate master piece-uri, a format profesional şi uman atâţia tineri în domeniu, a ridicat standardele muncii în bucătărie din mâinile unor filistini de arabi. De ce? Locul gol lăsat de el nu va mai putea fi umplut de nimeni. Îl vom găsi oare din nou? Zâmbetul lui copilăresc, uşor tragic dar şi frumos ne lipseşte. De ce ne chinuie în piept iubirea de el? Dorul care ne arde este pentru Nicholas Petruş care a plecat trăgând după el uşa singurătăţii şi nostalgiei. Acest Nicholas Petruş se va întoarce mai profesionist, mai marginal, mai incorigibil, mai magnific, nu şi solitar…

Casa cu arhitectură dacică, dominată de aerul sempitern, în care locuiesc io, este construită cu pământ, bârne, are un brâu înalt de 30 cm. Are două camere mici şi un hol unde pregătesc io mâncarea pentru noi doi. Ferestrele sunt înalte şi acoperite vara cu căţărătoarele ramuri ale caprifoiului care inundă aerul difuzând antifrastic mai multe arome vindecătoare.

Tot verile, în pietrele brâului, stă liniştit un apărător bun, Ştima Casei, care se descoperă şi se joacă cu copiii satului la un castron de lapte cald muls de la Almatheia pe care-l savuram şi eu cu bună ştiinţă.

Curtea aşezată pe brazda lui Novac este plină de brazi şi molizi din care iernile ne delectam cu minunatul sirop cules din muguri culeşi din vară. Doi nuci mari şi impunători par a dori să împărtăşească poveşti vechi şi frumoase. Poiana din centrul curţii, prietena lui Helios şi zecilor de albine şi trântori, este plină de nestemate: ametist, rubine, azurit, da şi auralit, diamante, piatra soarelui, sardonix. În adevăr sunt flori de câmp în culori de nestemate care cresc pe meleagurile noastre de zeci de veacuri. Excepţie sunt trandafirii mari roşii ale căror petale ne mângâie palmele crăpate de muncile coasei sau topor.

Ea îmi apare în grădină cosmetizând tinerii pomi fructiferi plantaţi de mine cu ceva vreme în urmă: doi cireşi româneşti şi un păr tomnatic si unul văratec. O urmăresc cu ochii, sprijinindu-mă de pridvorul casei plin în incrustaţii tradiţionale. Îmi zâmbeşte uşor şi dulce. Este îmbrăcată simplu, corpul mlădios acum ascunde rotunjimile unei maternităţi, fiind acoperit de o rochie scurtă, în stilul iei româneşti, şi poartă nişte tenişi care duc mai mult spre opinci decât spre modernism. Îmi oferă un sentiment de mulţumire şi linişte izvorâtă din dragostea ei nesecată pentru mine. Io, biruitorul, dragostea ei. Dorinţa mea de a-i săruta fruntea expresivă precum și mâinile ei mult iubite fu îndeplinită.

Niciodată nu a îmbrăcat haina feminismului ci poartă în ea lumina feminităţii aceea care ajută pământul sacru să continue a rodi.

Pe cerul senin sunt mulţi norişori albi, lăptoşi îmbrăcaţi cu cojocele din blană de oaie…

***

Dorinţa mea este să fiu proprietarul unui restaurant, păstrând locul de chef pentru mine, să lucrez în bucătărie alături de oameni cu dragoste, iubire, să ascult în bucătărie Mozart prin difuzoare profesional aranjate. Vreau să ascult legumele cum dictează ele modul de preparare, timpii de fierbere. Vreau o lume mai bună pentru toţi oamenii planetei.

Există exactitate în descrierea dacilor nemuritori? Oare cum era Decebal? A fost oare istoria dreaptă cu el? Eu spun nu numai că a fost nedreaptă, dar a fost şi ingrată. Faptele lui sunt învăluite în mister.

Decebal şi Dacii nu ştiau ce este teama. Scorylo, Roles, Decebal, Cotiso, Dicomes, Dromihete, Dapyz şi Burebista sunt strămoşii noştri. Au atacat, au căzut în luptă, au învins, şi au fost învinşi. Întotdeauna au luptat şi alături de ei au fost femeile lor. Herodot îi descrie ca inventatorii harpei, ghitarei şi fluierului ciobănesc. Tracia era patria muzelor. Însuşi Orfeu, cântăreţul neîntrecut al Eladei a fost din Tracia.

Chiuieli însoţite de strigăte de bucurie se aud dinspre bucurosul Bucureşti. Revoluţia culinară, Secolul vitezei, Stelele Michelin.

Trag aer în piept şi privesc în jur. Îmi este dor de EA. Filocalie, smerenie, ecleziastic, victorie. Către timpuri mai bune.

www.ingramcontent.com/pod-product-compliance
Lightning Source LLC
LaVergne TN
LVHW042231190726
843491LV00003BA/1010
9786069442029